Weitere Bücher von Christine Nöstlinger bei NILPFERD
Die Sache mit dem Gruselwusel • ISBN 978 3 7074 5092 7
Florenz Tschinglbell • ISBN 978 3 7074 5188 7
Guter Drache, böser Drache • ISBN 978 3 7074 5094 1
Lumpenloretta • ISBN 978 3 7074 5093 4
Achtung, Kinder! • ISBN 978 3 7074 5095 8
Ein und alles • ISBN 978 3 7074 5096 5

Weitere Bücher von Katharina Sieg bei NILPFERD
Georg Bydlinsky: Adalbär und Katzarina • ISBN 978 3 7074 5020 0

ISBN 978 3 7074 5189 4

In der aktuell gültigen Rechtschreibung.
Hergestellt in Europa
Papier aus verantwortungsvoll bewirtschafteten Quellen.

2. Auflage 2016

Text: Christine Nöstlinger
Illustration: Katharina Sieg
Gesamtherstellung: Imprint, Ljubljana

www.ggverlag.at • www.nilpferd.at

CHRISTINE NÖSTLINGER
KATHARINA SIEG

Jeden Morgen um 10

NILPFERD

Vor einem Jahr war in vielen Zeitungen zu lesen:

HUND NIMMT JEDEN TAG ALLEIN DIE FÄHRE
Auf der Insel La Maddalena nimmt ein Hund seit Jahren allein die Fähre. Punkt 10 Uhr betritt „Max“ das Boot, um von der Insel nach Palau überzusetzen. Am Abend kehrt er mit der Fähre wieder nach La Maddalena zurück.

So war es! Jeden Morgen sprang der Hund im Hafen von Palau von der Fähre, lief zur Stadt rauf, spazierte ein bisschen durch die Gassen und legte sich dann vor der Kirche in den Schatten. Kurz bevor die letzte Fähre nach La Maddalena zurückfuhr, stand er auf, gähnte dreimal und lief in den Hafen runter.

PIZZ

Niemand konnte sich erinnern, wann der Hund zum ersten Mal gekommen war, und wer ihn „Max" getauft hatte, wusste auch keiner mehr. Aber die Leute waren sich einig: „Er wartet auf irgendetwas!"

Die Schneiderin, der Pfarrer, die Gemüsefrau, der Bäcker, die Wirtin und der Baumeister saßen jeden Abend auf dem Kirchplatz vor der Bar und tranken Campari.

Lief Max zur Fähre runter, schauten sie hinter ihm her und überlegten, worauf er wohl warten könnte.

Eines Montags kam die Schneiderin zur Bar und sagte:
„Max hat mir gerade erzählt, worauf er wartet. Also, das ist so:
Als er ein Baby gewesen ist, haben sich seine Eltern zerstritten,
und der Papa ist in einem roten Ballon auf und davon.
Für Max hat er einen Brief dagelassen. Drin steht, dass er
nach Spanien fliegt und in drei Jahren zurückkommen wird.

Die drei Jahre sind zwar längst um, aber der Papa war nie der Schnellste, darum wartet Max eben noch immer auf ihn. Und da unsere Insel näher an Spanien liegt als La Maddalena, wartet er hier, da kann er den roten Ballon früher sehen."

Am Dienstag kam der Pfarrer zur Bar und sagte zur Schneiderin: „Max hat dich belogen. Mir hat er gerade die wirkliche Wahrheit erzählt. Also, das ist so: Eine rote Katze macht ihm zu schaffen. Sie hat sich Schwanz über Kopf in ihn verliebt.

Den ganzen Tag sitzt sie im Blumenbeet vor seinem Haus und mauzt zum Steinerweichen.
Der Hund hat ihr schon hundertmal gesagt, dass er sie nicht liebt, aber sie mauzt weiter und beschuldigt ihn, dass er ein Vorurteil gegen Katzen habe. Drum schleicht er sich jeden Morgen durch die Hintertür aus dem Haus und fährt zu uns rüber und wartet drauf, dass die Katze endlich schlafen geht ..."

Am Mittwoch kam die Gemüsefrau zur Bar und sagte zur Schneiderin und zum Pfarrer: „Max hat euch zwei belogen. Mir hat er gerade die wirkliche Wahrheit erzählt. Also, das ist so:

Drüben, beim Hund daheim, gibt es einen Hund, der sieht Max zum Verwechseln ähnlich. Und der ist sehr bissig. Die Polizei versucht, ihn einzufangen. Jeder Polizist hat ein Foto vom bissigen Hund in der Tasche. Viermal haben sie schon irrtümlich Max verhaftet und eingesperrt. Jedes Mal hat es ewig gedauert, bis seine Unschuld bewiesen war. Drum kommt er zu uns und wartet drauf, dass die Polizisten Dienstschluss haben und heimgehen.“

Am Donnerstag kam der Bäcker zur Bar und sagte zum Pfarrer, zur Schneiderin und zur Gemüsefrau: „Max hat euch drei belogen. Mir hat er gerade die wirkliche Wahrheit erzählt. Also, das ist so:

Neben seinem Haus hat man ein Kinderheim gebaut. Im Garten von diesem Kinderheim kreischen und brüllen jeden Tag hundert Kinder stundenlang. So laut, dass Max die Ohren sausen und er Kopfweh bekommt.

Aber Max mag Kinder und findet, dass sie ein Recht haben, zu brüllen und zu kreischen. So geht er weg, wenn die Kinder in den Garten laufen, und kommt erst zurück, wenn sie schon im Bett liegen.“

Am Freitag kam die Wirtin zur Bar und sagte zum Pfarrer, zur Schneiderin, zur Gemüsefrau und zum Bäcker: „Max hat euch vier belogen. Mir hat er gerade die wirkliche Wahrheit erzählt. Also, das ist so:
Als er zum ersten Mal bei uns war, hat er sich in einen Pudel verliebt. Er wollte den Pudel gleich mit nach Hause nehmen, und der Pudel war einverstanden. ‚Ich muss mich noch von der Familie verabschieden', sagte er. ‚Warte vor der Kirche auf mich! Aber hab Geduld, es kann länger dauern!'
Der Pudel ist weder an diesem Abend noch am nächsten gekommen. Seither wartet Max jeden Tag hier auf ihn, weil er nicht glauben mag, dass ihn der Pudel vergessen hat."

Am Samstag kam der Baumeister zur Bar und sagte zu den anderen: „Max hat euch alle fünf belogen. Gerade hat er mir die wirkliche Wahrheit erzählt. Also, das ist so:
Wie er zum ersten Mal hier war, hatte er keine Sonnenbrille dabei, und die Sonne knallte vom Himmel. So schloss er die Augen. Da hat sich einer an ihn rangeschlichen und ihm den Geldbeutel aus der Umhängetasche gestohlen.

Gesehen hat er den Kerl nicht, aber gerochen, und eine Hundenase merkt sich jeden Geruch. Jetzt kommt Max jeden Tag und wartet drauf, dass ihm der Geruch wieder in die Nase steigt."

Am Sonntag dann ging Gina, die Tochter der Wirtin, zur Kirche, setzte sich zu Max, kraulte ihn zwischen den Ohren und fragte: „Max, worauf wartest du nun wirklich?“

„Also, das ist so“, sagte der Hund. „Ich bin ein Geschichten-Ausdenker. Das ist mein Beruf. Aber daheim fallen mir keine Geschichten mehr ein. Doch hier, wenn ich vor der Kirche im Schatten liege, fällt mir jeden Tag eine neue Geschichte ein.“

„Und mit der lügst du die Leute an?“, fragte Gina.

„Also, ich muss schon bitten!“, rief der Hund. „Geschichten sind keine Lügen! Lügen richten Schaden an, Geschichten machen Freude.“

„Na ja, so kann man es auch sehen“, dachte Gina.

Und seither überlegt sie, ob ihr der Hund eine siebente Geschichte oder die wirkliche Wahrheit erzählt hat.